길고양이 권법

길고양이들의 숨막히는 격투와 수련의 명장면들!

사진 | 악센트

WILLSTYLE

길고양이 계의 최강 분파,
그 압도적인 도약을 눈여겨봐 주시길!

검은 고양이의 압도적 격투 감각!

검은 고양이들의 격투

한순간의 방심도 허락하지 않는 긴장감

검은 고양이 권법 vs 얼룩 고양이 권법

상대의 몸에 절대 닿지 않게! 이것이 검은 고양이 권법과 얼룩 고양이 권법!

팔자 수염 권법

어른어른하게 상대의 전의를 상실하게
만드는 것이 팔자 수염의 비법!

강인함과 유연함을 겸비한 베테랑 전사

그에게는 어린 시절의 아픈 기억이……(P.32)

항구의 삼색이

항구를 지키는 정의의 발톱, 삼색이 권법!

잘 보라고! 나의 이 화려한 춤과 연기를!

하잇!

얍!

착!

포동포동한 노랑이 권법

자아!

날카로운 눈빛의 항구 제일의 노랑이

악당 중의 악당 사천왕 고양이들
"이곳을 지나가고 싶으면 우리들을 때려눕혀 보라고!"

마음만은 멋지게, 그러나 포즈는 엉망이 되고 만 검은 고양이

새끼 고양이의 대결

삼색이 권법 VS 고등어무늬 권법

대결을 숙명처럼 받아들인
두 마리의 새끼 고양이

어렸을 적부터 수행으로 몸을 다져온 삼색이

그것은 고등어무늬도 마찬가지

탁!

붕!

소꿉친구인 여자 고양이 앞에서 그만 맥이 풀리고 만 삼색이

진지한 자세로 기합을 넣는 고등어무늬!

자, 드디어 격돌의 장소로!

기합은 이제 충분!
그러나 대결은 허무하게 끝나고….

조조 고양이

조조처럼 선 채로 공격!

43

쿵후 사부와 어린 제자.
길고양이 권법은 한 녀석에게만 물려준다!

육중한 몸놀림. 허점이라곤 없다.

49

공원도 그들에겐 수행의 장소

그들은 험난한 길고양이 세계에서 살아남기 위해
인간들 모르게 수행을 하며 지난 시간을 보내왔다.

바닷가에서의 수행

파란 하늘 아래 바닷가, 수행에 열심인 고양이들

이미 인간을 넘어선 숙련된 몸놀림.
육안으로는 포착할 수 없다.

작지만 몸놀림은 일품. 사각지대는 없다.

지친 기색 없이 동료들 앞에서
매력을 선보이는 고등어무늬

댄스! 댄스! 댄스! 넘치는 열정!

석양의 스트리트 댄스 배틀!

가을을 느끼게 하는
강아지풀 숲에서
장난치는 고양이들

북두권법의 노랑이

괴수를 우러러보듯, 역동적인 앵글로

발
차
기
얍
!!!!

고양이 축제

모두 함께 춤추며 고양이 축제를.
너무나 신이 나서 참을 수가 없네!

호흡을 맞춘 형제 고양이의 싱크로나이즈 댄스

이런! 아쉬워~ 축제 끝!!

NORANEKOKEN

Copyright ⓒ 2017 Accent, MdN Corporation
Korean translation rights arranged with MdN Corporation, Tokyo
through Japan UNI Agency, Inc., Tokyo and Korea Copyright Center, Inc., Seoul

길고양이 권법
길고양이들의 숨막히는 격투와 수련의 명장면들!

펴낸날 | 2018년 4월 27일
지은이 | 악센트
옮긴이 | 홍미화
펴낸곳 | 윌스타일
펴낸이 | 김화수
출판등록 | 제300-2011-71호
주소 | (03174) 서울시 종로구 사직로8길 34, 1203호
전화 | 02-725-9597
팩스 | 02-725-0312
이메일 | willcompanybook@naver.com
ISBN | 979-11-85676-45-6   03830

이 도서의 국립중앙도서관 출판예정도서목록(CIP)은 서지정보유통지원시스템 홈페이지
(http://seoji.nl.go.kr)와 국가자료공동목록시스템(http://www.nl.go.kr/kolisnet)에
서 이용하실 수 있습니다.(CIP제어번호: CIP2018010981)